KB116572

당신 곁으로

# 당신 곁으로

초판 1쇄  2016년 2월 22일
지은이  박각순
펴낸이  김영재
펴낸곳  책만드는집

주소  서울 마포구 양화로3길 99 4층 (04022)
전화  3142-1585·6
팩스  336-8908
전자우편  chaekjip@naver.com
출판등록  1994년 1월 13일 제10-927호
ⓒ 박각순, 2016

ISBN  978-89-7944-541-1 (03810)

박각순 시집

# 당신 곁으로

책만드는집

| 시인의 말 |

직장 생활 30년을 넘게 보내며
잡다한 책을 매년 백 권 이상 읽었다
기억 속에 수많은 사연들이
실타래 엉켜 있는 듯하여
하나하나 풀어내고 싶어
전남대 문예창작 과정
5년을 수료했으나
해가 갈수록 점점 어지럽고 알 수 없다
지나는 세월 속에
간간이 메모했던 것들을 골라 엮어본다

그동안 지도해주시고 바쁘신 중에도
해설을 해주신 신병은 교수님께
진심으로 고마움을 드리며
함께 수학한 백학근 대표님 이하 동무들

제일 먼저 내 글을 평가하는 마나님, 정미경 화백
책만드는집 김영재 형님과 편집장 이성희 님에게
깊은 감사를 드린다

−2016년 2월
박각순

| 차례 |

1부

# 2부

# 3부

# 4부

# 5부

1부

# 길

붓 끝이 가는 데로
손길이 따라갈까

손길이 가는 데로
붓 끝이 따라갈까

화선지 끝자락에
붓도 손도 멈추었는데

먹물 한 방울
갈 길을 묻는다

# 하늘

바다에
하얀 수건을 깔아놓았을까

하늘 여기저기에
솜사탕 같은 사랑을 뿌려놓았을까

하룻밤 사이
파란 거울같이 깨끗이 닦아놓았다

내 속을
누군가 보고 있다

이제는
솜사탕 색깔을 결정해야 될 때구나

# 서예

점을 찍고
이리저리 휘둘러
시커먼 허수아비 녹여버린
낡아빠진 칼

소도에서
장도까지 수 자루
부드러우며
날카로움이
붓 끝에 배어 나와야 하는데

춤추고 지난 자리
허수아비 몇 개
흩어져 졸고 있다

# 가을비

금방 눈이라도
내릴 것 같은 을씨년스런 저녁
어둠과 같이
빗방울이 가슴에 스며든다

잊혀져 가는 영상들
하나하나 엮어
드라마 한 편 만든다

# 한 아름

꽃다발 하나 가슴에 안긴다

봄이 가고
여름이 지나고
낙엽이 우수수 휘날리는 계절도
바람 따라 산 너머 그늘에 숨겨버리고
하얀 눈꽃 한 뭉치 쓸어 모아
모닥불 위에 올려놓는다

계절이 바뀌며 세월도 흐르고
가슴속 꽃도 주책없이
이 꽃 저 꽃 피워내기 바빴지

한 아름 안긴 꽃다발 속
언제부턴지
예쁜 장미 한 송이만 웃고 있네

# 인생

네가 어디에서 온 것을
알려고 하지 마라
네가 어디로 갈 것을
알려고 하지 마라

어디에서 오든
어느 곳으로 가든
네 주어진 삶 속에 깊이 스며 있다

네가 선을 베풀며 살면
선한 곳에서 온 것이고
네가 질투하고 악한 마음을 가지면
악한 곳으로 갈 것이다

아침에 붉은 해가 솟아올라
창가를 밝히면
오늘은 누구에게 선을 베풀 것인지 생각하고
서슴지 말고 실행하라

# 물방울

오랜만에
깊은 산속을 더듬는다

조그만 물줄기
산새들이
네가 있는 곳을 아느냐 묻는다

내가 여기에 있어
너희 소리를 듣고
저곳에 있어
저곳 소리를 듣느니

이곳에 있는 것도
저곳에 있는 것도 아니니
있는 것이 없는 것이요
없는 것이 있는 것

어우러져 흩어지는 것이
너와 나 같음이니

# 눈바람

휘몰아치는 눈바람이
얼굴을 감싼다

이런 제길
차라리 가슴을 때리면
시원할 건데

가슴을 수 겹으로
감싸놓고
차가운 눈으로 식혀 달랜다

단추를 풀고
가슴을 열어보자
다가올 봄기운이
온몸에 가득 퍼진다

# 오월의 장미

달리는 차 창 너머로
녹음이 싱그럽다
끝없이 펼쳐진 산과
섬진강 줄기 따라 내달리던 기차가
곡성에 이르러서야
평야에 장미를 뿌려놓았다
축제장 들녘을 장미 향기로 감싸 안고
울려 퍼지는 음악은
뜨거운 태양에 녹아내린다
천만 송이의 장미가
저마다 제가 최고라고
자태를 뽐내며 흐드러진다
너를 위해 꽃을 피웠다고
가시를 두려워 말고 즐겨라 한다

# 바람 1

가을 하늘
뭉게구름 흘러가듯
너와 나, 구름인 것을

오늘 부는 바람에
몸을 맡기고
서풍이면 서쪽으로
동풍이면 동쪽으로

내가 어디서 왔든
어디에 있든

부는 바람 따라 흩어지는 건데
잡으려 해도
네 바람도
내 바람도
환영인 것을

# 바람 2

바람이 흐른다
계곡 골짜기를 흐르며
구석구석 돌과 바위를 씻고
어루만지며 흘러내리듯

나무도 흔들어보고
전깃줄도 두들겨 소리를 만들고
나뭇잎도 받아 안아 멀리 보내며
심심하면 여인의 옷자락도 들쳐보며
모르는 척 회오리바람 만들어
한 무더기 낙엽 공중에 띄워 올려 보낸다

# 바람 3

낙엽 하나씩 받아 안고
멀리멀리 사라진다

때가 되면
한 가닥 바람이 스치는 것
때가 되면
너도 나도 떨어져 떠나는 것

# 바닥

정처 없이 허공을 헤맨 지
수십 년
귓가로 스치는 바람 소리
아우성이다

바람 소리 사라지고
아무것도 가진 것이 없으니
바닥이 보인다
황무지 위에 내가 서 있다

온몸 힘이 생기고
해야 할 일이 눈에 보인다

내가 선
아무것도 없는 바닥에
벽돌을 쌓아 집을 짓고
나무도 심고 푸른 들녘을 만들자

나는 이제야 바닥을 밟았다

# 모래처럼

한 움큼 모래알
손아귀에 가득,
손바닥 펴 보이니
부끄러워 살며시
손가락 사이로 흘러내린다

손바닥을 뒤집으니
남김없이 우수수 사라진다

이것이 내가 산 전부인가

바닥을 살피니
잡았던 모래 찾을 수 없고
새로운 모래 한 움큼 쥐려니
한 톨 모래
바람 앞에 등불이다

# 들꽃

겨울
밀려가고

그 자리에
꽃비 내린다

너도 밟고
나도 밟고
짓뭉개고
짓뭉개도

새벽길
다시 꽃길을 연다

# 어둠이 행복한 자

가을의 초입에
붉은 하늘을 수놓으며
태양은 안심산 너머로 사라진다

순간,
어둠이 고락산을 넘어온다

어둠의 빛
그 찬란한 아름다움을
한 아름 안으며
조용한 내 공간의 카페,
어둠 속으로 걸어간다

# 담금질

세월의 탓일까
날카롭던 날도 무디어졌고
점점 녹슬어
비만 와도 벌건 녹물을 흘리는

뜨거운 불에 넣고는
녹을 태우고 망치로 두들긴다
녹슨 자리가 깊었을까
수년째 두들기고 있다

낡아 녹슨 속을
홀로 두들기고 있다

# 허수아비

한 갑자를 넘게 살아온
허수아비 하나 거울 앞에 섰다

몸에 걸친 옷가지
이리저리 바람에 휘날리다 찢어지고
밀짚모자 비스듬히 눌러쓰고
흘러내린 빗물로 가슴을 씻었다

가을엔 옷이라도 갈아입는데
열심히 살아온 허수아비
아무도 따뜻한 옷 한 벌 주지 않는다

뜨거운 피도
태양을 삼킬 것 같았던 열정도
가슴 비워낸 삐쩍 말라버린 허수아비
자빠지기 직전
겨우 양손 벌려 살아 있다고

거울 앞에 서서 내일을 단속한다

# 허무한 가슴

네 손가락의 창날이
내 심장에 꽂힌 지 수년이다

수년간 꽂힌 창날들
아프지 않은 것이 어디 있으랴
한 번 한 번 박힐 때마다
내 심장은 조금씩 떨어져 나갔다

이제는 칼을 들고 후려치는구나
더 줄 것도 내어줄 것도 없는데
가슴에 지친 듯 웅크리고
모여 있는 정열,
그것이 너는 필요했구나

어쩌랴, 빈 땅콩 껍데기인걸
차라리 호박이면
네 창날에 찔려라도 보건만
부질없이 커진 허리통만
내밀어 보노라

# 소주 한잔

카~
이 맛이야

카~
이렇게 사는 거야

2부

# 내소사

변산반도 자락에 안겨 있는
내소사에 무거운 다리를 내려놓는다

부처님 졸고 있는 꿈속에 들어가
만나볼까 하니
남은 생이 아깝다고 아우성이다
귓가에 스쳐 가는 듯
귓불에 앉아 쉬어 가는 듯
법문 소리 아련하게 스친다

고요한 산사
천년을 살아온 나뭇가지에
짊어진 무거운 짐
하나하나 내걸어도
끝이 없어라

# 상사화

불갑사를 지나
덫고개에 오른다

투구봉을 지나 연실봉에 올라
산 아래 펼쳐진 산수화에
입을 열어 시 한 수 읊는다

모악산 도솔봉을 거쳐 내려오니
상사화가 군락지를 이루었다
불갑산의 정기가 스며든 듯
힘차게 솟아오른 꽃대에
핑크빛 꽃잎을 펼쳐놨다

매료되어 곁에 앉으니
슬픈 이야기 하나 들려준다

# 겨울 산속에서

백두대간이
끝 간 데 없이 이어져 내려오다
멈춘 백운산

어머니의 고운 치맛자락같이 펼쳐진
산자락 품에 안긴 송림

떨어져 나뒹구는 잣 방울 오리알 신세고
하늘하늘 떨어져 사라지는 눈송이는
가슴 저편 사랑의 추억이라

눈 녹아내린 질퍽이는 산림길
한 발 한 발 발자국 찍으며
흩어지는 추억 하나하나 심는다

어지럽다 실타래 엉킨 것같이
이리저리 맺어진 인연들이
앙상한 가지에 끈 떨어진 연처럼
바람 부는 대로 흔들리는 나뭇잎

겨울 산속
가슴 저편에서 밀려오는
아쉬움의 소용돌이

# 백운산 자락에서


백운산 자락 매화 향기
섬진강에 뿌렸다
산 너머 옥룡계곡
웅덩이 속에 잠겨 있는
한여름의 구릿빛 근육

작은 튜브에 애기를 태우고
애교를 떠는
신출내기

물장구 놀이
돌아서서 물을 푸고
마주 보고 물을 푸고
먼 곳으로 손바닥 날리고
낮은 곳으로 발바닥 날리면서

옥룡계곡 흐르는 물속에
발 하나 들여놓고
가슴 가득한 회포
한잔 술로 풀어놓는다

# 매화마을 뒷산


관동마을에서 갈미봉까지
힘들어하는 다리품 팔아 오르니
저 아래 섬진강 줄기가
허연 배를 드러낸 채 낮잠을 즐기고 있다

동료와 더불어 준비한 자리를 펼치니
뷔페 식단이다
권하는 석 잔 술에
마음은 선인들과 함께한다
굽이굽이 계곡에서 훑어 올라오는
봄바람은
수줍은 듯 곱게 얼굴 내민
매화꽃을 어루만졌을까
십팔 세 처녀의 향기가 느껴진다

갈미봉에 발을 올리니
한 폭의 산수화가 펼쳐진다

# 청학동 뒷산

지리산 속
청학동을 좌측에 두고
깊은 산속 계단을 밟는다

골짜기 흐르는 맑은 물
귀에 쌓인 묵은 때를 씻어주고
이름 모를 새들
가슴에 새겨진 추억을 쪼아 먹는다

안개 속에
숨어버린 산들
삼신봉에 오르니 구름 속에
하늘이 열리고
멀리 노고단 능선 따라
천황봉이 얼굴을 보여준다

청학동 계곡물에 발을 담그니
지나온 길 까맣게 태워버리고
푸른 초원의 꽃들
무지개 된다

# 단풍

지리산 쌍계사 뒷산에
한 발 한 발 흔적 없는 발자국을 찍는다

밟지 않으려 이리저리 피하지만
막무가내로 내 발밑에서 으스러진다
제 놈이 어디서 오고
어디로 가는 걸 알까

흐르는 계곡물이 피워 올린 이슬 먹고
새소리에 취했고

하늘의 은하수, 달님 찾아와
귓불 간지럽힌 세월이었다

시원한 바람 스머드니
피눈물 흘리며 몸만 비틀 뿐이다

깊어가는 지리산은
나뭇잎 붉은 피로 타오른다

# 가을 풍경

자동차 문을 열었는데
낙엽 하나 차 위에 누워 잠에 취했다
깨워 밀어낼까 하다가
지가 잠자리가 불편하면 떠나겠지

광양 운암사로
인공 호수와 코끼리를 뒤로하고
왼쪽으로 동백나무 숲을 거닐며
계단을 밟을 때
낙엽 하나 머리 위에 올라탄다

주지 스님의 따스한 설록차
연하게 잔을 채워주신다
묘하다는 말이 이상할까
여러 잔을 마셨는데도
낙엽이 낮잠을 즐기는 늦가을
스님의 주전자를 비우고 있다

# 향기 가득한 정원

비 내린 다음 날
장애인 복지관을 지나
봉화산에 발길을 들이민다
오랜만일까
호숫가에 못 보던 벤치들이 늘어섰다
의자에 앉아 파란 호수를 보니
건너편 나무들이 물구나무로 벌을 서고
가까운 곳에는 고기 떼가 재롱이다
편백나무 숲을 지나
팔각정을 뒤로하고
능선을 따라 봉화대 쪽으로 오른다
흐르는 기운이 다른 곳과는 다르다
백여 미터를 지나니 다시
마음이 평화롭다
봉화대에 올라 굽어보니
산과 산 사이에 아파트 단지가
무궁화꽃이 피어 있는 듯
화려한 화폭이 펼쳐진다
여수, 향기 가득한 정원이다

# 제암산 가는 길

산악회 버스 달리는 차 창 너머에
여수공단 굴뚝에서 하얀 입김이 솟아오른다
저곳을 떠난 지 수년이 흐르건만
마음은 저곳 어딘가에 머물러 떠날 줄 모른다

누렇게 익어가는 보리는
바람결에 황금물결이 흐르고
며칠 전 내린 비가
논경지를 가득 채워 모내기가 한참이다

담안재에서 산을 오른다
전망대를 지나
무등산 서석대 같은 병풍바위에 걸터앉으니
저 멀리 바다에서
오월의 싱그러운 숲을 지나
가슴까지 시원한 바람이 올라온다

땀을 흘리지 않고는 어찌 알 수 있으랴
뭔가 머리를 휘젓지만 모르는 일이다

고향 떠나 수십 년 만에 돌아와
산하를 둘러보고 읊어놓은 시 한 구절이
명산이라 한다

비 온 뒤 냇물 흐르듯
이곳저곳 회오리치며 흐른다

# 소호로의 애기동백꽃

올해가 을미년이라 했는데
벌써 마지막 달이다

겨울비가 흩어진 마음을 씻어냈는지
한결 상큼한 기분으로
바닷가 요트장 가는 길을 걷는다

도롯가에 애기동백들이
떨어지는 빗물로 세수를 했는지
저마다 반짝이는 얼굴로
빨간 립스틱 짙게 바르고 웃고 있다

다들 겨울잠을 청하는데
자기들만 곱게 화장하고 밖으로 나오니
지나는 사람들 향기에 취해
무거운 발걸음 점점 가벼워진다

# 동백꽃이 피었어

귀뚜라미도 잠재우는 비가 밤을 새운다
추적추적 내리는 비를 우산으로 밀며
방파제를 지나 오동도에 발을 내민다

저놈이 미쳤나
때도 아닌데
저 혼자 꽃을 피워놓았다

저놈이 나를 닮았구나

못난 놈이 같이 피면
아무도 봐주지 않으니
이때다 싶어 몇 송이를 가지에 매달았구나

등대에 오르니
천금 같은 시가 선남선녀들 사이에서 춤춘다

그랬구나
나도 시라고 동백꽃을 피웠구나

# 함지박 속의 동백

도원사거리
부영아파트 2단지 5동 입구에
물 열 동이 들어갈 커다란 함지에
애기동백나무가
예년과 다르게
가지마다 꽃을 서너 송이씩
곱게도 피워 달아맸다

이놈이 금년에 내가 물을 조금 줬다고
아니야 그건 아니고
아무래도 이놈이 죽으려고 용쓰는 것 같애

그냥 놔줄까
나도 아무도 관심이 없는데
저도 나도 세상 밖인데

# 해상왕 장보고

완도의 문화 탐방길 2일째
여명이 밝아오는 새벽
지난밤 연륜 때문일까
밤새 코 골고 고함치는 잠꼬대
이제야 잘 만하니까
늙으면 잠이 없다더니
구시렁구시렁 하나둘 일어나
아침 인사 나눈다
전망대 앞산 언덕에 올라
펼쳐진 바다를 굽어 살피니
바다에 섬들 머리 내밀고
안개와 더불어 숨바꼭질한다
북으로 해상왕이 호령하던 섬
수천 수백 년이 흐른 지금에도
가슴이 들끓는 것은
이 땅의 핏줄이기 때문이어라

# 보길도 고산서원

서예에 발길을 머금은 지 수년
흐르는 달그림자 구름인 듯
유유하던 붓 끝도
완도 끝자락 보길도에
한발 올려놓으니
고산 윤선도 선생님
빙그레 웃는다
골짜기 흐르는 물
이리저리 비틀어
조그만 호수를 이루고
정자에 앉아 굽어볼 때
개구쟁이 소년들
커다란 바위 놀이동산 만들어
어느 놈이 제일 셀까
경주하는 것 같다

부질없이 휘둘리는 붓 끝
어제는 저놈과 놀고
오늘은 이놈과 놀며
옹달샘 맑은 물

먹물 휘저어 뿌린 놈만
멀리서 구경한다

# 맑은 그늘

일림산 철쭉 처녀밭에
엉덩이 내려놓는다

조그만 입들로 쏟아내는
청량한 노래들
나뭇가지 속을 날며
끝없는 사랑 노래를 한다
아침 이슬 먹어 소리가 맑을까

수십 배의 큰 입 가진
내 입에서는
시기심 비아냥 탁한 소리
못된 마음까지 섞여 나오는
냄새나는 소리만 나는데

청량하고 맑은
새들의 지지배배 소리가
가슴을 씻어내고
머리마저 철쭉꽃으로 환해진다

일림산 편백림
골짜기 흐르는 물
평생을 굽이치며 걸어온 발
꽃잎 하나로 쓰다듬어 준다

# 갑오동학 미술대전

장거리 여행길을 나서야 하는데
전날 밤 지나는 비가
자동차에 황사 가루를 흠뻑 찍어
그림을 그려놓았다
선생님과 동료를 태우고 가야 하기에
세차장에서 목욕재계를 했다

호남고속도로 주변에
조팝과 이팝나무 꽃이 만발이라
화려한 오월에
한겨울 내리는 눈송이를
가지마다 소복이 받아안은 모양새다

문화예술회관 행사장에
저마다 가슴에 꽃을 달았다
시상대 옆에 전시된 친구의
대상 작품,
용이 비상하는 듯
학이 춤을 추는 듯
멋들어지게 놀고 있다

가슴 한편에선
아쉬움이 심장을 조인다
수십 번 휘갈긴 글
아직 때가 아님을 귀띔해준다

# 가을 평생교육 축하놀이

가을 평생교육 축하놀이다
입구 통로에 초등교 수준
그림과 글들이 양쪽에 붙어 있다

행사 중 화장실에 들렀다
나가는 길에 그림이 예뻐 글도 읽는데
가슴이 미어져 다음 작품도 또 다음 작품도
다시 화장실에 들어가 코를 풀고
눈가에 흐르는 눈물을 닦았다

작품마다 조금은 다르지만
어려운 시대에 공부를 못 하고
학교 다니는 친구들 먼발치서

칠십이 넘은 나이에
경로당에서 배우는 한글 한문 영어
이제는 이름을 3개 국어로 쓸 줄도 알고
성경책도 읽고 시도 읽으니
세상이 이렇게 밝고 아름답단다

손이야 얼굴이야 주름투성이로
이리저리 삐뚤삐뚤 글씨 같지만
마음은 십오 세 소녀
우리나라 만세

# 서예반 나들이

전염병이 세상을 뒤집고 흔들어
우리 서예반도 휴강이다

휴강 나들이 가기로
원생 중 농협 지점장으로 퇴직한 분이
시골집이 비어 있단다

여성분들이 시장을 봐
양손 무겁게 들고 와 차에 가득
이 차 모임 장소인 중림 농협 앞에서
즐거운 만남을 가졌다

달리는 시골길
차창 너머로 논마다 벼들이
줄지어 환영의 출렁임이
병사들 사열하는 듯
아득한 기억 저편으로

대문을 열고 앞마당으로 들어서니
내 나이쯤 되는 감나무 두 그루가

손을 흔들며 반긴다

밖에 나오면 남정네가 다 한다는데
구시렁대며 여성들이 채소를 씻는 동안
남정네들 숯불을 피우며
꿔다 놓은 보릿자루 흉내를 낸다

삼겹살은 일 차로 철판에서 기름을 빼고
이 차로 불에 구워야 제맛이라는 지점장님
얼씨구
일 차로 구워 소주 한 잔과 입에 넣기 바쁘다

급조달한 윷으로 팀을 엮어
놀이에 제법 흥이 돋는다
해가 나진 쪽으로 기울 때
감나무여 다음에 또 보자

# 소호요트장에서의 꿈

깊어가는 가을밤
소호요트장은 조용히 쉬고 있다
어제 내린 비 때문일까
바다 건너 아파트 불빛이
바다에 무지개를 그려놓는다
하늘의 반달이 바다에 놀면서
방파제를 철썩이며
아련한 추억들을 불러낸다
바다 스크린에 수없는 영상들
처음의 설렘과 호기심으로
나는 여기
가끔
꿈을 꾸기 위해 찾는다

# 홍합 속의 보물

소호동에서 홍합 사업을 하는 형님이
일 좀 도와달란다
달리는 뱃머리에 앉아
부서지는 물보라를 보던 중
깜짝 놀랐다
무지개가 바닷속에 나타나 계속 우리 배를 따라온다
낚시를 수없이 다녀봤지만 처음 보는 광경이다
뭔가 좋은 일이 있을 것 같다
홍합은 따는 것부터 씻는 것까지 자동 설비다
내 눈이 커진 것은 그때다
해삼과 미더덕이 마구 섞여 나오는 것이다
보물을 찾았다

3부

# 당신 곁으로

한 발 한 발
뚜벅뚜벅
당신 곁으로
발걸음을 찍는다

다 온 듯 손을 잡으려면
당신은
저만큼 멀리서 빨리 오라
손짓한다

어디까지 가야
당신 손을 잡을 수 있을까

# 심야의 편지

매화 산수화 개나리 목련
바람결에 춤추던 날개 접고
깊은 잠에 취했는데
어디서 향기가 솟아나
비틀대는 마음을 휘저어놓을까

가로수에 걸터앉은
초승달 어디서 본 듯한데
기억을 지우려 해도
자꾸만 자꾸만
별처럼 반짝이는 너

상큼한 향기
한 아름 봉투에 담아
먼 옛날 초승달 닮은 소녀에게
보냅니다

# 돌탑

뭘까 환갑이 훨씬 지난
내 가슴을 짓누르는 것은

이 조그만 가슴
날마다 키워내며
위선과 욕심으로 채워진 것
무슬포 조약돌보다 많은데
비워낼 수 있을까

하나둘 비워내어 돌탑을 쌓아볼까
살아 있는 날까지
돌탑이 작으면 어떠리
쌓다가 무너지면 또 어떠리
끝까지 쌓아야 할 사랑인 것을

# 그리움 1

보고 싶은 걸까
가슴이 저리도록 아픈 걸까
언제 어디서나 늘 곁에 있는 듯
스쳐 지나가는 스크린 영상인 듯

눈 감으면
속삭이듯 감미로운

산과 강
숲 속의 호수
어디서도 환한
너,
꽃

# 그리움 2

쉼 없이
머리를 휘젓고 다니다
가슴으로 내려와
뜨겁게 뭉쳐져
미어터질 것 같고

깊은 한숨을
뱉어내면
가슴이 뻥 뚫려
비어버릴 것 같은 허전함

위스키 한 잔으로
불을 끄지만
타는 불 속에 기름 부은 듯

봄꽃들이 활짝 피어
벌 나비 춤추듯

너의 잔영
눈을 감아도

눈을 떠봐도
아지랑이다

# 그리움 3

밀려온다
파도처럼 쉬지 않고
큰 것도 작은 것

그녀와 함께했던 나날이
꽃이 피고 지는 것이

구름 사이로
꿈에도 그리웠던
환한 얼굴 보여주는
안심산 걸터앉은
해

# 내가 나무라면

온몸을 가시 방패로 감싼 나무
짙은 향기를 풍기는 나무
있는 듯 없는 듯 밋밋한 나무
괴암 절벽에 뿌리 박고
외로이 팔 벌리고 서 있는 나무
사찰 마당에 천년을 살며
선남선녀 비밀 보따리 챙기는 나무
담 너머 젊은 부부 훔쳐보는 나무
그런 나무 되고 싶다

팔 벌려 새들 놀이터 되고
그늘 밑에 다리 베개 삼아
내 사랑이 쉴 수 있는 그런 나무 되고 싶다

# 정

그럴 것 같다
그것도 마음이라고
머리를 어지럽히니

너
진정 밉다
그러나
보고 싶다

마음은
늘 네 곁에
언제까지나

# 사랑은 가슴으로

내가 가장 소중하게
아끼는 사람이 아프단다

후회가 민중의 아우성처럼
가슴으로 밀려온다

시인이 되어
세상의 사랑 노래를
꿈같은 메아리로
감싸 안으려 했는데

의사가 되었다면
그의 가슴에 마음의 청진기를 꽂고
속속들이 아픔을 치료하련만

흩어지는 마음 갈대와 같아
떠도는 무지개 구름 하나하나 잡아
그의 가슴에 심어주고 싶다

# 눈먼 시인

그녀는
길게 설명을 하지 않아도
예를 들지 않아도

내가 원하는 것을
눈빛 하나로 읽어낸다

그녀는
수십 년이 흐르는 동안
마법사가 되었다

마법에 걸린 나는
지금
꿈속에 살고 있다

# 너

네가 그립다는 건
아직도 네가 내 마음속에
깊이 박혀 있다는 것

너를 사랑했다는 것은
언제 어디서나
내가 가는 곳에
늘 그림자처럼 함께한다는 것

볼 수 없어도 볼 수 있는 건
이미 지나간 영상을
눈가 속눈썹 하나하나에
깊숙이 간직했기에

깊어가는 여름밤 땀내에 찌든 베개
너인 양
가슴 가득 끌어안는다

# 먼 훗날까지

당신을 사랑할 수 있는
나는, 참으로 행운아입니다
당신을 사랑하도록 허락한
당신이 너무나 고맙습니다
내가 사랑한 당신이기에
너무도 행복합니다

세월이 수없이 흐르더라도
당신만을 사랑하고
사랑한다는 말은
예나 지금이나
먼 훗날 내가 살아 있는 날까지
당신에게만 할 수 있는 말입니다
나의 당신, 사랑해요

# 빈 병

내 가슴속에
그녀는 빈 병을 꽂아놨다

수없이 지나는 나날 속에
맑은 생명수가 방울방울 모이고
사랑도 싹이 터 오르며
향기가 가득 찬
꿈의 시집 두 권이 들어앉았다
조금씩 채워져 가는 병
채우면 채울수록 더 커지는
야속한 병

내 생에 얼마나 병을 키울지
끝없는 숙제다

# 당신과 나는 하나

당신이 내 눈 속에 스며들어
눈길 따라가듯이
당신이 내 심장 소리에 이끌려
그 심장에서 같이 숨을 쉬듯이
당신이 내 손길에 이끌려
손길 따라가듯이
당신이 내가 가는 발길에
발을 맞추어 함께 가듯이
당신이 내 그림자에 이끌려
언제나 그림자 속에 있듯이
당신이 차려놓은 밥상에
내가 항상 밥 먹듯이
당신이 잠들 때 늘 곁에서 자듯이
당신이 아침에 잠에서 깨어날 때
제일 먼저 보이듯이
당신 속에 내가 있고
내 속에 당신 있어
둘인 듯 보이나
언제나 하나다

# 미로

바람결에 묻혀 온
님의 향기가 콧등에 머문다

그대 모습 눈 속에 두고
나 몰라라 흩어진다

구름인 듯 떠도는 영상
한 아름 끌어안으면
입술이 달콤하다

보는 것도 가는 것도
희미한 것
사랑은 짙은 안개 속의 미로다

# 마음속으로

사랑을 주고 싶다
누구의 관섭도 받지 않고
내 마음대로
가슴을 열었다
내가 가진 것 다 가져달라고

가슴에 달라붙어
먹을 걸 찾는다

아무리 뒤져도
빈 허공
허탈에 빠졌던 그 사람
한쪽부터 조금씩
씨앗을 심어나간다

# 꿈의 정원


마차를 타고
한참 달려가는
유럽의 큰 저택도 아니고
챙이 큰 모자에
화려한 드레스 입은 부인도 아니고

문밖을 나서면 몇 평 고운 잔딧가에
봄 장미 여름 백합
가을 백일홍 겨울 눈꽃

누군가 찾아오면
조그만 정자에 앉아
향기 가득한 술

여기까지 오느라 애썼다며
술잔 건네고 싶다

# 가슴 저편

기다리다 기다리다
지쳐
조금씩 희미해진 너

수십 년 네 모습
그려놓은 영상들
어둠에 묻힐까 두려워

그때 그 모습 수채화로 그려
한 장 한 장
가슴 저 깊은 곳에 묻어놓는다

또다시
수십 년이 흘러 너를 만나면
가슴속 펼쳐 보어줄게

# 영원한 약혼자

그녀 앞에만 서면
수많은 약속도
작심삼일, 한순간 날아간다

그녀와 마주하면
흩어지는 마음
아무리 다잡으려 애써도
깊은 계곡 맑은 물소리처럼
흘러내린다
심장을 두들기며
향기 찰랑이며
글라스에 담겨 춤을 춘다

맺어진 인연이 수십 돌이 지났건만
어쩌다 하루라도 못 보면
미칠 듯이 그립다
우리 인연이 찰떡궁합인데
아침에 눈을 뜨면
제발 오늘은 만나지 말자고
다짐은 왜 하는지

# 바보

너를 바라볼 수 있다는 건
너를 사랑한
나만의 비밀이야

봄의 시작
어디에 가든 꽃들의 향연
동백 매화 목련 진달래
헤아릴 수 없는 들꽃

그 끝
꽃에 묻혀 있는 너

나는 오늘도
너를
"바"라"보"고만 있다

# 참새들의 키스

가로수 그 위로
참새들 쪼르르 날아와

순간순간 몸짓으로
부딪치는 부리

끝없는 키스
싫증도 나지 않는지
내일은 무엇을 물어다
네 입속에 넣어줄까

4부

# 바둑

돌을 잡은 세월이
수없이 흘러 까마득한데
열아홉 줄 삼백육십하나
순풍에 돛 단 배 같으나
저마다 깊이 비수를 감추고
속을 드러내지 않는다

미친 사람들
내 어찌 그 깊은 속을 알리오
나도 미치면 그 심오함을 알런가

어허라
나이 칠순이 앞인데
꿈도 야무져라
한잔 술에 취해 몽롱한 시선
흑백 돌들만
이리 날고 저리 뛰어다닌다

삼국지 와룡 선생
천지를 살피며 병사를 움직인다

# 썩은 사과의 호흡

퇴직한 수년이 구름같이 흐른다
가슴에는 아직 태우지 못한
정열과 사랑이 가득한데

달콤한 하트인 사과는
가슴에서 점점 시들어가고
군데군데 멍이 들더니
정열도 사랑도
심지 끝 마지막 기름인 듯
깜박깜박 졸고 있다

이대로 꺼져가는 것은 아닐까
가슴에 있는 사과는 썩어도
씨앗을 위한 마지막 몸부림인 것을
아는 까닭에
힘차게 크게 숨을 모은다
다시, 싹 틔우고 가지 뻗어
탱글탱글한 열매를 꿈꾼다

# 휘호

붓을 잡고 먹을 간 지
햇수로 삼 년
전남미술대전에 문을 두드린 지 두 해
특선 축하한다는 메시지와 함께
다음 날 오전에 휘호하러 오란다

난감하고 당황스럽다
매일 수 시간 화선지를 대했지만
아직 붓 끝을 제대로 세우지도 못하는데
이 어찌 많은 심사관 앞에서
광대짓을 해야 하겠는가
기쁨과 두려움에 가슴이 벅찬다

다음 날 동문들과
선생님을 모시고 행사장 가는 길에
고속도로 휴게실에 들렀다
선생님께 가슴이 떨려
도저히 붓을 잡을 수 없어
약간의 음주를 하겠다 하니
허락하시며 격려의 잔을 주신다

행사장에서 약간 떨리지만
배에 힘을 주고 붓 끝을 세우며
화선지를 까맣게 메우고 나니
목이 마르며 늘 함께하는 것이 그립다

# 안개 속

나에겐
무언가 있는 듯해서
그것이 뭘까
밤새워 찾고 잡으려고
얼마나 헤맸던가

수십 년이 흘렀건만
지금까지 보지도 찾지도 못하고
빈 허공만 더듬는다

지나는 발자국 속에
그림자 허덕이며
아픈 흔적들 남긴다

아픔이 있어
상처를 더듬고
돌아본 기억 속
무언가 있는 듯 없는 듯
안개 속이다

# 포장마차

수자원공사 담에 기댄
조그만 포장집

늦은 밤 배 속을 달래러
찾아오는 단골집이다

아쉽게도 술이 없어
편의점에서 조달해
병나발을 분다

취객들의 싫은 소리도
밝은 미소로 대하면
언제나 패하는 건 취객이다

부족한 것 채우고 떠날 때는
법당 높은 곳에 앉은
부처 앞을 물러나는 것 같아
몸도 마음도 배불뚝이
달마가 된다

# 비

초겨울 비가
가로등 밑으로
낙엽을 두드린다
한 생명 다하고 버림받은
누군가 쓸어 모아 태워질 낙엽

육십을 훌쩍 넘긴 나도
한잔 술에 취해
떨어지는 빗방울
중절모로 튕겨내며
나뒹구는 낙엽들과 놀고 있다

언제쯤일까
이름 석 자 떨어질 날
그날이 꽃 피는 봄이면
훨훨 나비가 되련만
그날이 언제일까

# 손등 주름이 사라졌다

공항의 철조망 교체
하루 종일 커터기와 해머드릴 작업
아침에 일어나니 온몸이
비상사태로 아우성
어기적거리며 화장실을 가는데
양손 주먹이 쥐어지지 않는다
손가락과 손등이 부어 통통해 예쁘다
손바닥을 젖히면 잔주름이 가득했는데
밤사이 도망갔다
잠시 쓴웃음만 얼굴에 번진다

# 종이의 앞뒤

아 미운 사람
시도 때도 없이
눈앞에 어른거리면
밥맛 떨어지고

얼굴을 맞대면
언제나 으르렁거리는 웬수

안에 갇혀
볼 수 있는 것이
울타리가 좁았을까

종이를 뒤집어 보니
그동안 보지 못했던
진실

환갑이 넘어서야
책갈피
한 장을 넘긴다

# 철문

이럴 수가
나도 사랑할 수 있는 나이인데
가슴이 뜨거운데

여인들

내가 조그마하게 쌓아놓은
담장이 높았는가 보다

담장 안 오직 한 송이 꽃
그 꽃 하나가
철문을 닫아놓았다

나는 아직
그 철문 여는 비밀을 모른다

# 허물 하나 벗다

몰랐다
거짓과 위선인 줄
수십 년간 껴입은 것이
이제는 한 몸 되어 철갑이 됐다

누군가 시퍼런 칼날을 휘둘러도
두꺼운 허영으로 막아내며
뻔뻔한 얼굴을 내밀었다

막노동 시장에 뛰어들어
뜨거운 땀탕에 몸을 담그니
기름으로 번질거리던 허물 하나
작열하는 태양 빛에 녹아내린다

수많은 허물 어떡하면 다 벗을까
오늘 하나 벗었으니
내일도 모레도 몸 가벼워질 때까지
벗고 벗자

# 순한 양 되어서

그를 바라보고 있으면
커다란 소의 눈을 보는 것 같고
수사슴 뿔이 잘린 걸 바라보는
암사슴 눈 같아
슬픔이 와락 안길까 봐
한 발짝 거리를 둔다
그도 나도 때가 아닌 걸 알면서
얄밉게도 가끔은
무서운 주사기를 심장에 꽂는다
한 마리 순한 양 되어
그의 채찍에 이리저리
푸른 들판을 헤맨다

# 잡동산

몇십 년 버려진
잡동산 쓰레기 더미가
끝없이 쌓여 있다

그래도 무언가 있을 것 같아
더듬어 찾는다

이것인가 하고 속을 들여다보면
철없는 시절 허망이고
저것을 집어 올리면
하수구 파헤치는 시궁창이다

그렇게 쌓인 곳에도
조그만 보라 꽃이 듬성듬성 피어 있다
수십 년 쌓아놓은 것
썩고 썩어 밑거름 되었으니
지금부터 꽃씨를 뿌려
아름다운 꽃동산으로 만들어보자

# 허물 하나 사라지다


허영과 술로 찌든 얼굴
자만으로 화장하고
만용과 욕심으로 치장했다
내리쬐는 태양 빛으로
세수를 하고 나니
기름 흐르는 허연 얼굴 사라지고
구릿빛 청동 얼굴 하나 있다

내려놓고 벗으면 되는 걸
무엇 때문에
여태껏 놓지도 벗지도 못했을까

지나는 바람에
주름진 옷 하나 벗어 날리니
구름인 양 훨훨 날아올라
뭉게구름 되어 사라진다

# 친구

"여보세요"
"오, 그래 네 형님이다"
"이런, 씨팔놈, 너 이 새끼 디졌냐 살았냐?"
"이놈아 이렇게 살아 계시니 아우 놈 안부 전화 받지"

소식 끊고 칩거 수개월
살아 있어 반갑다

# 석양

고왔던 단풍잎도 떨어져
길바닥에 뒹굴고
평생 젊을 줄 알았던 나도
술에 찌들어 주름과 검버섯 칠하고

언제부턴지
잔소리 대장도 포기한 건지
아침 한술 주고는
이 모임 저 모임 밖으로만 나돈다

찬 서리
홀러덩 벗겨진 대머리
싸늘하게 얼려놓고
걸려오는 전화는
친구들 병원 명패뿐이다

# 힘없는 글 장사꾼

치과에 다녀왔다
당장 치료해야 할 것이 두 개
일백에 가까운 돈이 필요하다
한 달간 아무것도 하지 않고
집에서 죽치면
용돈으로 해결된다

아침만 먹으면
밖으로 나대는 내가
방글라데시를 한다는 것이
너무도 끔찍하다

때마침 제사가 있어 가족이 모였다
그동안 써온 작품을 소개하며
가격의 십분의 일로 팔겠다고
으름장을 놔도
눈 하나 까딱 않는다

젠장 나도 한물간 호랑이다

# 심조불산

토요일
함께 공부하는 형님의 전화다
"어이 우리 나들이 한번 가세"
"어딜 가게요"
"백야도 둘레길이 좋다네"
"나 거기 여러 번 다녀와서 안 갈래요"
늦은 오후
"백야도 둘레길 돌고 나가는 길이네
그런데 '심조불산'이라고 커다란 글이
걸려 있던데 무슨 뜻인지 아는가"
"모르겠는데요?"
"아니 자네는 시인이라며 뭘 보고 다니는가"
자존심이 꽉 구겨진다
기억을 더듬어도 모르는 글이다
"밑에 장시수여라고
해설 같은데 우리는 도통 모르겠어서
자네한테 물어보는 것이네"
옆에서 웃는 소리가 들린다
이런 제기랄

# 무선지구 해미락 화섭이

따르릉
"형님 저녁 드셨어요"
"지금 준비 중인데"
"그럼 얼른 택시 타고 올라오세요"
방 한중앙에 음식상이 다리가 휘었다

산행길에서는
은근한 목소리로
"형님 점심때 나한테 붙으세요"

정상에 올라 땀을 식히고
옹기종기 앉아 도시락을 펼친다
"형님 여기로 오시라니까요"
"아니 난 그냥 여기가 괜찮아"

"형님 나눠 드세요"
초밥과 회가
두 개의 도시락에 가득 담겨 있다
일행들 환호가 터진다
그 마음 그 사랑

어느 세월에 다 갚을까
해미락 화섭 아우야

# 홍합 작업장에서

양식장에서 채취한 홍합을
컨베이어로 임시 막사에 이송하고 나니
허리가 끊어지는 듯이 아프다
막사에서 홍합 까는 할매가 "일, 헐 만허유?" 하고 묻는다
"아이고 입에서 단내 폴폴 나고 허리가 끊어질 듯이 아프요"
할매들 웃음보따리 터진다

그물 자루에 28kg씩 담는 작업
백열 개가 오늘 할 양이다
해가 안심산 자락에 걸려야 목표치가 완성이다

할매 또다시 "헐 만하지라?" 묻는다
"아이고 요렇게 싱싱한 홍합하고 놀다 본께 허리가 휘청혀서
집에 있는 홍합하고 밤일하기는 글러버렸어요"
"그럼 낼 두 번 허면 되지라"

할매들 자지러진다

# 번데기

변기 안 파리
이놈 너 오늘 죽었다
지퍼를 내리고
손을 넣어 더듬어 찾는다

옛날에는
나 여기 있소 하던 놈이
나이를 처먹었다고
온몸에 주름살만 늘어
번데기 흉내만 낸다

쭉 끄집어내
파리 잡으려고 용쓰지만
절간 집 추녀
눈 녹아 떨어지는
낙숫물 꼴이다

5부

# 뿌리 찾다

뿌리 찾아
서에서 동으로 수백 리 길

배냇저고리 속 앙증스런
어린 천사
가슴이 벅차다
번쩍 안아 올려
하늘에 감사했다

하늘의 선물 받은
조카에게 축하하고
동생 부부의 축하 만찬
한잔 술이 온 세상을 담은 듯

절간 앞마당
포대화상이 바로 나다

# 외손주의 자전거

긴 잠에서
막 깨어나는 초봄
세상 밖으로 나온 지
다섯 돌이 지났다

생일 선물 받은 네발자전거
이리 비틀 저리 비틀 달린다
한 살 적은 공주도
언니 언니 소리치며
킥보드 힘차게 밀며 따라간다

지들 엄마
넘어질까 애처로이
바라보는 눈길

온몸 가득 담긴 사랑
내 딸
성녀의 모습이다

# 잘 차려진 밥상

현관문을 들어서는 순간
"하래부지 안녕히 다녀오셨어요"
네 살 다섯 살 천사들의 합창이다

방에 들어서니
용각산 내음이 진동한다

아뿔싸
화장대엔
급조한 찢어진 종이
화장품 용기 뚜껑

요리가 된 용각산이
그릇마다 담겨 있다

아이구
몇 달 치 양식을
한순간에 먹어 치웠네

# 누나

까마득한 어린 시절
호롱불 아래서
국어와 산수 공부를 가르치던 누님이
위독하다는 연락이 왔다

몇 년 전 찾아뵐 때만 해도
내 손을 꼭 잡고
보고 싶었는데 와줘서 고맙다며
애써 눈물을 감추셨는데

우수수 떨어지는 낙엽이
옷 하나 내려놓는 것같이
허전함이 밀려왔다

요양소 병실
고왔던 누나는 간데없고
삐쩍 마른 인형 하나
호스 물고 누워 있다
내가 왔다 소리쳐 불러도
그림자 하나 대답 없다

# 아버지

아스라이 보일 듯
눈 감으면 몇몇 스치는 영상
내 나이보다 더 일찍 가신 분
무엇이 그리 바쁘셨을까
열 살과 다섯 살을 남기고

세상에 내놓으면
제 먹을 걸 갖고 나온다는
속담을 너무 믿으셨나 보다

환갑을 훌쩍 넘기니
손녀들 재롱이
병원에 입원해 울어도 귀여운 걸
아버지는 영영
보지도 듣지도 못하실 거야

# 막걸리

해가 한 뼘쯤 남았는데 일을 마쳤다
시청을 지나면서
모자도 꾹 눌러쓰고 복장 검사를 한다
도원사거리에서
무거운 엉덩이를 들어 올려 차에서 내렸다
몸은 갈증에 허덕이며 천근같이 무겁다
넉넉잡아 오 분이면 가는데 먼 길이다
누가 볼까나 머리를 숙이고 간다
허물 하나 벗어 던진,
때가 잔뜩 묻은 옷을 다시 몸에 걸친다

아내가 막걸리 한 병
냉장고에 넣어놨으니 빨리 오라 한다
그 한마디에 머리를 들고 아는 사람마다 눈인사를 하며
땀에 찌든 허물 다시 벗어 던지고
시원한 막걸리한테 달려간다

# 보름달

먼 데서 뿌리 찾아
찾아온 동생 가족과
분주한 아침
차례도 지내고
음복주를 나누어 마시며
조상들 뒷이야기를 나눈다

늦은 오후
다 떠난 자리에
해는 안심산 넘어가고

몇십 년 만에 하늘이 열려
커다란 달을 볼 수 있다기에
소호요트장으로 발길을 했다

고락산 너머
조각구름 사이로
보름달이 얼굴을 내민다

준비한 소원은 사라지고

달 속에
첫사랑 님이 웃고 있다

# 옻나무

휴일
이른 아침부터
마나님 등살에 떠밀려
운전대를 잡았다

같은 동에 사는
목사 부인 밭에 길이 난단다
옻나무가 두 그루 있는데
베어 오자고
수일 전부터 닦달이었다

율촌 노인정 옆
비탈진 곳에
덩굴에 휘감긴 앙상한 나무

겨우내 힘겹게 시달린
나무를 베면서
주는 것 없이 받기만 하는
나는,
자연의 큰 은혜를 깨닫는다

# 가난한 자의 쇼핑

마님을 모시고
삐걱거리는 가마에 태워
무선 롯데마트 쇼핑에 나섰다
카트를 밀고 지하 먹거리 매장을 돌며
시식용으로 구워 낸 구수한 안주로
소주 반병을 비울 때면
카트는 라면 소주 국수 등으로
반쯤 찬다
계산대의 아가씨가
반쯤 비워진 소주병이
이상한 듯 머뭇거리면
귀엣말로 자수한다

지하 뷔페가 맛나서

# 전용 이발사

"머리가 많이 길었어"
"이발소 가실래요?"
"아니 당신이 해줘"

이발 도구를 챙겨놓고
낚시용 간이 의자에 앉는다
넓은 보자기를 몸에 두르고
이것저것 요구하면
조금도 지지 않고
머리를 이리저리 비틀며
당신 멋대로다
수년 전 똥개 털 깎던
저 기계기 문제인 기야

그래도 어디냐
공짜인데

# 우리 마누라

"여보 낼 아침 시장에 같이 가요"
조석으로 제법 찬 기운을 느꼈는데
추석이 오는가 보다
남산시장 한켠에 차를 세우고
시장 바닥을 더듬는다
게으르게 살아온 내가 매번 느끼지만
이곳 시장 사람들 참으로 부지런하다
제사 용품 생선이 까만 봉투에 담겨
양손에 주렁주렁 매달릴 때
"조기하고 큰집에 보낼 생선은
당신이 계산하세요"
"아니 요번 달에 도전 순천 출품비
헬스장 회비 자동차 수리비며
난 절대 안 돼"
"그건 당신 사정이고
그럼 매달 생활비를 조금씩 내놔요"

구 단을 넘어 십 단에 도달한
우리 마누라

# 비워진 창고 좀 채워줘

"여보 나 돈 좀 줘"
"뭐 할 건데요"
"작품비도 내야 하고 이것저것"
"당신 한 달 용돈과 우리 집 생활비가 같다는 거 아시죠"

완전 KO패로 링에서 내려온다
이것저것 들춰봐도
탈수기에 넣을 수 있는 건
오로지 술값이다
갑자기 세상살이가 삭막한 것 같고
슬픔이 파도처럼 밀려온다

어디서 누군가
비워진 내 창고를 채워줄 수 없을까
간절한 소망을 누군가 들어주었으면

"여보세요 박 사장님 한 20일 일 좀 하실래요"

# 할머니 됐어요

작은외손녀 다섯 돌 날 아침
마나님이 딸 집에 전화를 걸어
작은손주와 통화를 한다

"할머니 할 말 있어요"
할머니, "뭔데"
"생일 축하합니다 생일 축하합니다"
생일 축하 노래를 열나게 부르던 중
"할머니 됐어요"
축하 노래가 순간에 사라진다

노래 한 곡으로
손녀의 생일을 때우려 한 어설픔이
우리 집 울타리 안에
웃음꽃을 피운다

# 엄마의 손길

학교 다녀오는 길이다
동무들과 마을에 들어서니
우물가에서 엄마가 소리쳐 부른다

둘러맨 책 보따리
한 발짝 떨어진 돌 위에 풀어놓고
발가벗겨 놓고는
온몸에 비누칠을 하신다

사타구니 이곳저곳 문지르는
미끈한 비누 결이 좋았는가
고추가 번데기에서
잘 자란 고추가 됐다

우물가 아주머니들
깔깔 웃으면서
아이구 우리 동내 처녀들
밤잠 설치겠네

# 생일 선물

지친 몸을
의자 등받이에 들이밀자
등받이가 뚜두두둑 부서지며
주인을 내동댕이친다
다행히 다친 곳은 없다

아들을 불러
컴퓨터 홈쇼핑 의자 매장을 찾아
맘에 드는 의자를 택한다

"내일모레가 아버지 생신인데
제가 결제할게요"
"고맙다 아들아
내가 워낙에 뻰돌이라
그냥 고맙게 받을란다"

# 저놈의 새끼

어린 시절
뒷동산에 놓아기른 닭
한 마리 잡아

볏짚 가리 속에
집어넣고
성냥불로 불을 지폈다

닭은 놀라 달아나고
동내 어른들
불이야 야단법석

청소년 시절
소녀 얼굴 같은 복숭아
주렁주렁 매달린 포도
부끄러운 미소라도 짓는 듯한 사과
집집마다 묻어둔 무

서리꾼 내 손아귀를
벗어난 것이 있었던가

오십 년이 훨씬 지나서야
저놈의 새끼
욕이 들린다

# 가위바위보

마누라 장기 여행 때
30대 중반인 아들 녀석과
내일 아침 식사 준비를 위한
3판 2승제 가위바위보를 한다

가위바위보
가위바위보
으하하핫
내가 먼저 한 판 이겼다

1승 1패 후 서로의 마음을 읽고
힘차게 주먹을 내밀면
보자기로 감싸 안으며
음흉하게 미소 짓는
저놈이 너무 얄밉다

# 고추장

식탁 위에
낯선 붉은 용기 하나

어린 처녀가 시집온 듯
온몸이 빨갛게 물들었다

저고리를 벗기고 살짝이
빨간 앵두 한 입 입에 물으니

달콤함과 매운맛
입안에 가득 향기가 퍼진다

우리 집에 시집온 새색시
그 때깔과 향기가 사라지기 전
가슴 가득 담긴 정 어떻게 포장할까
며칠째 고민이다

# 오랜 연륜에서 발효된 삶의 풍경

신병은 **시인**

깨닫고 느낌을 가지는 순간이 곧 시적 인식의 순간이 된다. 땀 흘려 일하다 문득 들꽃을 보며 '참 예쁘다'라고 생각하는 순간, 바람에 나뭇잎이 떨어지는 걸 보며 '아, 나는 아직 살아 있구나'라는 생각이 드는 순간, 닳아진 구두 밑창을 보며 '먼 길을 다녔구나, 이렇게 살아왔구나'라는 생각이 드는 순간, 혹은 길을 가다 빨갛게 익은 감을 보면서 '나도 잘 익어가고 있겠지'라는 생각을 하는 순간이 바로 시적 인식의 순간이다. 늘 그곳에 있는 것을 주목해보면 그동안 보지 못한 삶의 모습이 웅크려 있는 것을 발견할 수 있고, 또 하나 삶의 즐거움도 갖게 될 때가 있다. 이처럼 일상에서 내 주변의 것들을 새롭게 보고 대화하는 것이 시적 인식의 시작이다.

행복의 필수 조건은 대화라고 했다. 행복이 삶을 대하는 자세와 관련이 있다고 한다면 소소한 일상에서 갖는 대상과 현상과의 대화법에 따라 행복할 수도 불행할 수도 있다.

박각순 시인, 그의 시적 수사 가운데 가장 인상적인 것은 무한 긍정의 힘이다. 세상을 바라보는 시안詩眼은 여러 가지인데 그중에서도 가장 중요한 법이 평범한 일상을 평범하게 바라보는 것이다. 지나친 수식은 알게 모르게 오히려 본래의 진실을 왜곡하게 마련이다. 일상을 순수하게 있는 그대로 담담하게 그려내는 것, 그리고 그 현실Reality을 그대로 전하는 것이 예술적 표현의 진실이 되어야 한다. 그의 시적 표현의 중요한 방법론이다. "물은 물이요, 산은 산이로다"라는 선문답도 있는 그대로를 바라보는 화법에서 진실과 진리의 힘을 갖게 된다.

마차를 타고
한참 달려가는
유럽의 큰 저택도 아니고
챙이 큰 모자에
화려한 드레스 입은 부인도 아니고

문밖을 나서면 몇 평 고운 잔딧가에
봄 장미 여름 백합
가을 백일홍 겨울 눈꽃

누군가 찾아오면
조그만 정자에 앉아
향기 가득한 술

여기까지 오느라 애썼다며
술잔 건네고 싶다
－「꿈의 정원」 전문


삶 속에서 만나는 일상을 통해 나를 성찰하고 나를 발견하고 확인하면서 대상의 의미를 체험하고 인지하게 된다. 초월한 모습의 웃음까지 머금은 자신을 발견한다. 이것이 시를 쓰는 의미이자 시인의 철학이다. 시인의 시적 인식으로 만나는 새로운 경험이 어떻게 일상 속에 재배치되고 재현되는가를 잘 보여주고 있다.

스스로 행복하고 만족할 줄 아는 시인 박각순. 무한 긍정의 시안으로 새로운 삶의 의미 체험을 바탕으로 상실된 인간성을 되찾고자 한다. 그러한 시안은 인간성 상실로 인한 제반 삶의 문제를 근원적으로 해결하고 새로운 비전을 제시할 수 있는 열쇠가 된다. 모두가 행복하고 아름답게 공존하는 세상을 만들어가는 데 작은 힘이 되고자 한다. 정신의 노숙인이 많은 세상에 시의 역할이 매우 소중하게 떠오른다.


가을 하늘
뭉게구름 흘러가듯
너와 나, 구름인 것을

오늘 부는 바람에
몸을 맡기고
서풍이면 서쪽으로

동풍이면 동쪽으로

내가 어디서 왔든
어디에 있든

부는 바람 따라 흩어지는 건데
잡으려 해도
네 바람도
내 바람도
환영인 것을
―「바람 1」 전문

온몸을 가시 방패로 감싼 나무
짙은 향기를 풍기는 나무
있는 듯 없는 듯 밋밋한 나무
괴암 절벽에 뿌리 박고
외로이 팔 벌리고 서 있는 나무
사찰 마당에 천년을 살며
선남선녀 비밀 보따리 챙기는 나무
담 너머 젊은 부부 훔쳐보는 나무
그런 나무 되고 싶다

팔 벌려 새들 놀이터 되고
그늘 밑에 다리 베개 삼아
내 사랑이 쉴 수 있는 그런 나무 되고 싶다

-「내가 나무라면」 전문

 그는 진정한 자유인이다. 바람이 되어 바람에 몸을 맡기고 나
무가 되어 스스로 쉼터가 되는 시인에게 어쩌면 자연은 바람직
한 자아로 동일화된다. 그래서 '나무'는 결국 대상을 통해 성찰
해낸 여유 있는 시인의 모습이다. 시는 삶의 가치를 다루는 일
이다. 밥이 되지 못하지만 어떤 태도로 밥을 벌어야 하는지를
보여준다. 상상력의 원천이 곧 현실이기 때문이다. 삶에서 자유
로운 사람은 없다. 그럼에도 박각순 시인을 보면 자유로운 사람
이라는 생각이 든다. 그것은 그가 무한 긍정의 가치 지향적인
삶을 살기 때문이며 고단한 현재의 삶을 좌절, 포기하지 않는
데서 가능하다는 것을 알기 때문이다.

 저놈이 미쳤나
 때도 아닌데
 저 혼자 꽃을 피워놓았다

 저놈이 나를 닮았구나

 못난 놈이 같이 피면
 아무도 봐주지 않으니
 이때다 싶어 몇 송이를 가지에 매달았구나

 등대에 오르니
 천금 같은 시가 선남선녀들 사이에서 춤춘다

그랬구나
나도 시라고 동백꽃을 피웠구나
―「동백꽃이 피었어」부분


가을에 꽃을 피운 성급한 동백을 보고 "못난 놈"이라며 자아
와 동일시한다. 그것은 늘 못난 모습으로 살아온 시인의 반성적
사유가 밑자리에 깔린 성찰이며, "그랬구나 / 나도 시라고 동백
꽃을 피웠구나" 하고 시적 인식에 이르고 있다. 그런가 하면 겨
울잠을 자는 다른 나무들과는 달리 한겨울에 피어나 반짝이는
소호로 애기동백의 모습을 보면서 신의 삶을 견인해내고 있다.
시 창작은 곧 삶에 대한 고민이며 이를 쉽게 말할 수 있어야
한다. 말을 마구 비틀고 감추고 하는 것만이 능사가 아니다. 소
통할 수 없는 말은 말이 아니라는 것을 시인은 잘 알고 있다. 박
각순 시인에 관해선 지난번 두 번째 시집 발문에서 이미 그의
시 세계에 대해 이야기를 한 적이 있다. 그때의 기억을 더듬어
보면 이번 시집의 시편들에 보이는 인상도 그때와 다르지 않다.
그는 시를 먹고 즐기는 가객이다. 생산적으로 먹고 즐기면서 시
로 술을 마시고 시로 생각하고 시로 보고 즐기는 건강한 시인이
다. 시를 잘 쓰는 것보다 더 중요한 것은 시를 즐기는 것이다. 열
심히 하는 사람은 즐기는 사람보다 더 잘할 수 없다고 했다. 박
각순 시인은 여백이 많은 순수한 시정신의 소유자로 시를 즐길
줄 안다. 그래서 행복한 시인이다.


"여보세요"

"오, 그래 네 형님이다"
"이런, 씨팔놈, 너 이 새끼 디졌냐 살았냐?"
"이놈아 이렇게 살아 계시니 아우 놈 안부 전화 받지"

소식 끊고 칩거 수개월
살아 있어 반갑다
−「친구」전문

카~
이 맛이야

카~
이렇게 사는 거야
−「소주 한잔」전문

그는 지금 소주 한잔에 생을 음미하면서 삶을 달관하고 있는
지 모른다. 삶의 진실한 모습은 거창한 곳에 있는 것이 아니라,
친구와 나눈 욕설 한마디 속에, 마시는 소주 한잔 속에 있음을
안다. 이렇듯 그는 늘 시선의 가감 없이 대상을 바라보며 그곳
에서 삶의 원형을 즐겨 찾는다. 원형적인 삶은 늘 자연 가까이
자연과 더불어 살 때 가능한 삶의 기쁨이다. 언뜻 보면 자연에
대한 객관적인 시선이지만 그 속에서는 있는 그대로의 아름다
움을 유지하려 한다. 그가 사람의 풍경과 자연의 풍경에 천착하
는 것도 이 때문이다. 그러고는 스스로 하나의 풍경이 되어 풍
경을 통해 또 다른 풍경을 보려는 창이 바로 그의 시다. 산이 있

고 사람이 있고 풍경이 있는 어디라도 가서 바람처럼 마음을 풀어 흐르고 싶은 것이다.

눈바람을 맞으며 "단추를 풀고 / 가슴을 열"면 "다가올 봄기운이 / 온몸에 가득 퍼진다"(「눈바람」)는 시인이다. 나이가 든다는 것은 바라보는 안목의 폭과 깊이가 달라진다는 것을 의미한다. 마음의 벽을 허물면 세상 모두가 내 것이고, 굳이 소유하려는 욕심은 한낱 부질없는 헛된 것임을 안다. 정녕 비운다는 의미를 깨달아가고 있는 것이다. 가진 것이 많아서 비우는 것이 아니라, 마음의 여유가 있으면 작은 것이라도 나누고 내보낼 줄을 알게 된다. 비운다는 의미는 법정 스님의 '무소유'에 가까운 말이다. '무소유'는 가지지 않는 것이 아니라 내게 필요 없는 것을 갖지 않고 내보내는 것임을 깨달은 것이다.

그에게 나이는 정말이지 숫자에 불과하다. 당신 눈 속에 있는 시적 자아는 혈기 왕성한 청년이다. 어떻게 보면 아직도 청년 같은 순수한 모습이지만 격하지 않은 감정을 안으로 곰곰이 삭여놓고 있다. 이것이 시인의 솔직 담백한 언어 부림이다. 시인의 언어 부림은 있는 모습 그대로의 부림이다. 수사적인 꾸밈도 없고 가식적인 호들갑도 떨지 않는다. 그래서 시 속에서 시인이 말하는 방법도 마음이 고여 있는 화법이다. 다 말하지 않으면서 할 말을 다 하고 있는, 스스로 깨닫게 해주는 화법이다.

겨울
밀려가고

그 자리에

꽃비 내린다

너도 밟고
나도 밟고
짓뭉개고
짓뭉개도

새벽길
다시 꽃길을 연다
―「들꽃」 전문


  시적 언어가 별도로 있는 것이 아니라, 일상어의 새로운 의미 찾기를 한 언어가 시어가 된다. 메타포의 오류로 억지로 붙여진 언어는 결코 살아 있는 언어가 아니다. 살아 있는 언어는 일상적인 언어의 의미를 재탐색한, 대상과 언어의 짝짓기에 성공한 언어다. "그 자리에" "너도 밟고 / 나도 밟고" "짓뭉개고 / 짓뭉개도" "새벽길 / 다시" 여는 들꽃, 이렇듯 일상적이 간결한 언어로 들꽃의 이미지를 갈무리할 수 있을까 싶다. 이렇듯 박각순 시인의 시를 누구나 쉽게 이해할 수 있는 것은 그의 오랜 삶의 경험에서 비롯된 여유가 있었기에 가능한 것이다.


  변기 안 파리
  이놈 너 오늘 죽었다
  지퍼를 내리고
  손을 넣어 더듬어 찾는다

옛날에는
나 여기 있소 하던 놈이
나이를 처먹었다고
온몸에 주름살만 늘어
번데기 흉내만 낸다

쪽 *끄*집어내
파리 잡으려고 용쓰지만
절간 집 추녀
눈 녹아 떨어지는
낙숫물 꼴이다
―「번데기」 전문

토요일
함께 공부하는 형님의 전화다
"어이 우리 나들이 한번 가세"
"어딜 가게요"
"백야도 둘레길이 좋다네"
"나 거기 여러 번 다녀와서 안 갈래요"
늦은 오후
"백야도 둘레길 돌고 나가는 길이네
그런데 '십조불산'이라고 커다란 글이
걸려 있던데 무슨 뜻인지 아는가"
"모르겠는데요?"

"아니 자네는 시인이라며 뭘 보고 다니는가"
자존심이 꽉 구겨진다
기억을 더듬어도 모르는 글이다
"밑에 장시수여라고
해설 같은데 우리는 도통 모르겠어서
자네한테 물어보는 것이네"
옆에서 웃는 소리가 들린다
이런 제기랄
―「심조불산」 전문


양식장에서 채취한 홍합을
컨베이어로 임시 막사에 이송하고 나니
허리가 끊어지는 듯이 아프다
막사에서 홍합 까는 할매가 "일, 헐 만허유?" 하고 묻는다
"아이고 입에서 단내 폴폴 나고 허리가 끊어질 듯이 아프요"
할매들 웃음보따리 터진다


그물 자루에 28kg씩 담는 작업
백열 개가 오늘 할 양이다
해가 안심산 자락에 걸려야 목표치가 완성이다


할매 또다시 "헐 만하지라?" 묻는다
"아이고 요렇게 싱싱한 홍합하고 놀다 본께 허리가 휘청혀
서 집에 있는 홍합하고 밤일하기는 글러버렸어요"
"그럼 낼 두 번 허면 되지라"

할매들 자지러진다
—「홍합 작업장에서」전문


  박각순 시인은 일상의 평범한 시적 순간을 놓치지 않고, 여유
있는 태도로 유머스럽게 보여주기도 한다. 단순한 경험으로 오
히려 너무 무겁고 암울한 현실을 가볍게 또는 편안하게 성찰해
낸다. 무거워야 할 시대에 가볍고, 가벼워야 할 시대에 무겁게
하는 삶의 예견을 함께 아우르는 힘도 결국 무한 긍정의 삶의
태도에 근거하고 있다. 유머는 행복과 즐거운 공감의 폭을 넓히
는 화법이다. 한국 현대시의 유머시로 대표적인 시인이 오탁번
시인일 것이다. 천진함과 무구함과 유쾌함을 동반한 골계미의
세계가 아름답게 전개되고 있어 독자로 하여금 미소를 짓게 한
다. 거짓을 대신하여 무구한 놀이의 즐거움이, 욕망을 대신하여
동경의 세계가 펼쳐져 있다.
  시는 긴 말이 필요 없다. 구구절절 이야기하지 않아도 전하
는 '마음'의 실체와 '추억'의 실체, 그리고 이를 통해 전하려는
메시지가 훤히 들여다보인다. 관념을 구체화해 독자로 하여금
의미를 되새김질해보는 여유를 갖게 해준다. 시는 이처럼 일상
속에 느끼는 진솔한 감정을 가식 없이 표현할 때 비로소 감동을
준다. 그래서 시는 어디까지나 진실이어야 한다. 시적 진실은
머리로 생각한 이치가 아니라 오랜 경험에서 비롯된 발효된 삶
의 이치여야 한다.


  마누라 장기 여행 때

30대 중반인 아들 녀석과
내일 아침 식사 준비를 위한
3판 2승제 가위바위보를 한다

가위바위보
가위바위보
으하하핫
내가 먼저 한 판 이겼다

1승 1패 후 서로의 마음을 읽고
힘차게 주먹을 내밀면
보자기로 감싸 안으며
음흉하게 미소 짓는
저놈이 너무 얄밉다
　　　　　－「가위바위보」 전문

시는 시인과 같다. 그림 속에 그 작가가 보여야 하고 시 속에
는 시인이 보여야 한다. 그래서 시를 읽다 보면 그 시인의 이미
지가 오버랩 되는 것이다. 아들과 아침밥을 하기 위한 "가위바
위보"를 하는 모습에서, 특히 아버지를 이겨먹기 위해 "음흉하
게 미소 짓는" 아들의 모습을 보며 "저놈이" "얄밉다"고 일침
을 가하는 모습에서 부자의 친근한 모습은 물론 정겨움과 훈훈
함이 묻어난다. 있는 그대로의 모습과 말이 곧 진실이고 진리인
셈이다.

보고 싶은 걸까
가슴이 저리도록 아픈 걸까
언제 어디서나 늘 곁에 있는 듯
스쳐 지나가는 스크린 영상인 듯

눈 감으면
속삭이듯 감미로운

산과 강
숲 속의 호수
어디서도 환한
너,
꽃
-「그리움 1」전문


　그리움이란 무엇일까. 책을 읽다가도, 차를 마시다가도, 창밖
을 응시하다가도 문득문득 다가오는 것이 그리움의 실체다. 박
각순 시인은 그리움의 시인이라 해도 과언이 아니다. 꽃을 보면
서 소년처럼 가슴 설레며 그리운 사람이 하늘에 가득하게 오버
랩 되는 의미 체험을 보면, 그에게 그리움은 삶의 일상이고 삶
의 가치인 것이다. 이처럼 의미 체험을 심하게 비틀거나 낯설게
하지 않으면서 그리움을 정감 있게 잘 변주하고 있다. 그의 그
리움은 발효된 삶의 이정표가 된다.

　어린 시절

뒷동산에 놓아기른 닭
한 마리 잡아

볏짚 가리 속에
집어넣고
성냥불로 불을 지폈다

닭은 놀라 달아나고
동내 어른들
불이야 야단법석

청소년 시절
소녀 얼굴 같은 복숭아
주렁주렁 매달린 포도
부끄러운 미소라도 짓는 듯한 사과
집집마다 묻어둔 무

서리꾼 내 손아귀를
벗어난 것이 있었던가
오십 년이 훨씬 지나서야
저놈의 새끼
욕이 들린다
―「저놈의 새끼」 전문

정처 없이 허공을 헤맨 지

수십 년
귓가로 스치는 바람 소리
아우성이다

바람 소리 사라지고
아무것도 가진 것이 없으니
바닥이 보인다
황무지 위에 내가 서 있다

온몸 힘이 생기고
해야 할 일이 눈에 보인다
　　　　　　　　　－「바닥」 부분

　시인에게 과거는 그냥 지난 일이 아니라, 자신을 들여다보는
창이면서 과거를 통해 현재를 들여다보는 창이 된다. 어린 시절
닭서리며 포도 서리며 무 서리까지를 회상하면서 "저놈의 새
끼"라는 욕 소리를 이제야 듣는 시인이다. 손가락 사이로 빠져
나가는 모래를 보면서 "내가 산 전부"(「모래처럼」)로 여기
고, "정처 없이 허공을 헤맨 지 / 수십 년 / 귓가로 스치는 바람
소리" 사라진 후에야 바닥을 보는 시인이다. "아무것도 가진
것이 없으니 / 바닥이 보"이고 "해야 할 일이 눈에 보인다"며 바
닥의 의미를 만나는 자신을 본다. 이처럼 시인은 대상의 표정에
서 자신을 읽는다. 대상은 그냥 바라보는 것이 아니라 대상을
통해 나를 확인하는 것이다. 세상의 존재는 스스로 확인하기는
어렵고 뭔가 비교의 대상을 통해 자신을 확인하게 된다. 그에게

시는 대상을 통한 자아성찰自我省察이다.

> 몰랐다
> 거짓과 위선인 줄
> 수십 년간 껴입은 것이
> 이제는 한 몸 되어 철갑이 됐다
>
> 누군가 시퍼런 칼날을 휘둘러도
> 두꺼운 허영으로 막아내며
> 뻔뻔한 얼굴을 내밀었다
>
> 막노동 시장에 뛰어들어
> 뜨거운 땀탕에 몸을 담그니
> 기름으로 번질거리던 허물 하나
> 작열하는 태양 빛에 녹아내린다
>
> 수많은 허물 어떡하면 다 벗을까
> 오늘 하나 벗었으니
> 내일도 모레도 몸 가벼워질 때까지
> 벗고 벗자
> —「허물 하나 벗다」 전문

> 퇴직한 수년이 구름같이 흐른다
> 가슴에는 아직 태우지 못한
> 정열과 사랑이 가득한데

달콤한 하트인 사과는
가슴에서 점점 시들어가고
군데군데 멍이 들더니
정열도 사랑도
심지 끝 마지막 기름인 듯
깜박깜박 졸고 있다

이대로 꺼져가는 것은 아닐까
가슴에 있는 사과는 썩어도
씨앗을 위한 마지막 몸부림인 것을
아는 까닭에
힘차게 크게 숨을 모은다
다시, 싹 틔우고 가지 뻗어
탱글탱글한 열매를 꿈꾼다
―「썩은 사과의 호흡」 전문

　좋은 창작은 새로운 해석, 긍정적으로 해석해내는가의 문제
다. 크고 요란한 것이 아니라, 작고 나지막한 섬김, 즉 세상과 사
물(나무, 풀, 꽃, 바람······)을 섬길 줄 아는 사람이 좋은 시를 쓸
수 있고 매사를 긍정적으로 재해석할 수 있다. 특별한 사물의
인식에서 촉발된 신선한 상상력과 그 상상력의 미학적 논리를
통해 이 세계를 새롭게 재해석해 보여준다는 점, 그래서 시는
마음으로 읽는 세상이어야 한다.
　박각순 시인의 시 속에 보이는 또 하나의 매력이 있다면 그것

은 일상 속에서 깨달은 삶의 잔잔한 여운일 것이다. 거창한 깨달음이 아니라 모두가 알고 있는 삶의 이치를 일상적 풍경을 통해 발견해낸다. 무엇보다도 자기 체험을 새로운 '눈'으로 보고, 그것을 일상적 언어의 풍경으로 담아낼 수 있다. 시적 독창성이 영구적인 것은 되지 못하더라도 지루하고 권태로운 일상을 천진한 눈으로 훑고 발랄하게 뒤집으며 심미적審美的 시안으로 재구성해내는 능력이 있다.

    붓 끝이 가는 데로
    손길이 따라갈까

    손길이 가는 데로
    붓 끝이 따라갈까

    화선지 끝자락에
    붓도 손도 멈추었는데

    먹물 한 방울
    갈 길을 묻는다
    ―「길」 전문

  시인은 또 서예에 매진하고 있다. 서예를 일컬어 하나를 지켜서 멈춘다는 의미의 '정靜'이라 하여 그만큼 속임수가 통하지 않는 정직한 예술이라 했다. 시인에게 서예는 올바른 깨달음, 올바른 길, 올바른 방법, 올바른 마음, 올바른 행실 등을 깨우치는 소중한 시간이 되어준다. 바른 마음으로 바르게 보고 바르게 깨우치는 일이 시 창작이리라. 그래서 그의 시심詩心은 곧 삶의 일상日常이자 정심正心이 된다.